FABLES

ET

ROMANCES NOUVELLES,

DE BERTRAND.

FABLES

ET

ROMANCES NOUVELLES,

DE BERTRAND.

A MONTPELLIER,

CHEZ M.me V.e PICOT, NÉE FONTENAY, SEUL IMPRIMEUR
DU ROI.

1818.

LE CASTOR MISANTHROPE.

I.re FABLE.

UN Castor misanthrope et d'esprit indomté,
Déserta ses foyers pour vivre en solitaire ;
Un sien frère cadet, un peu sot , crut bien faire
En cherchant à le rendre à la Société.

Le voilà donc galopant les campagnes,
Franchissant les fossés , gravissant les montagnes.
Il retrouve à la fin l'hermite son aîné,
Dans un fossé gissant, et lui dit , étonné :
« Cher frère , est-ce bien toi ? Quoi, dans ce lieu sauvage ?
» Sans maison ? sans abri ? pas même du feuillage
» Pour te blottir dessus ? Quel délire nouveau
» T'a fait quitter nos lacs et ton riant berceau,
» Pour venir en ce lieu vivre dans la misère ?
» Quitte ce noir réduit ; reviens avec ma mère :
» Dans la société l'on a mille plaisirs ;
» Les arts consolateurs remplissent nos loisirs ;
» On se fait des amis ; on converse, on s'amuse.
» Reviens, frère chéri ; le trop d'esprit t'abuse. »
Le sauvage répond : « Non , j'ai brisé mes fers ;
» Si j'étais avec toi , le chien , l'homme pervers

» Assailliraient bientôt mon fragile héritage,

    » Peut-être même, je le gage,

» Pour rentrer dans mes biens, il me faudrait encor

    » Avoir procès avec quelque Castor.

» Ici, sans concurrent, je vis loin de l'envie,

    » Seul, inconnu dans le fond de ce bois,

» Je dors, je me promène, et je mange à mon choix.

» Je n'ai point de maison, mais j'ai tranquille vie;

» De te revoir pourtant, frère, je suis joyeux;

» Mais je ne puis te suivre; adieu, pars, sois heureux!

» Renverse sur les lacs des chênes orgueilleux;

» Elève des châteaux à double et triple étage,

» Ton bonheur à mes yeux n'est qu'un dur esclavage.

» Dans ces lieux, à la fin, j'ai trouvé le bonheur,

    » Et j'y resterai de bon cœur.

L'ARAIGNÉE ET LE MOUCHERON.

II.e FABLE.

DANS son réduit avecque patience,
Dame Aragne guettait un jeune Moucheron.
Celui-ci voltigeait, faisait le fanfaron ;
Il eût craint de montrer la moindre méfiance.
    Certaine mouche qui le vit,
Lui dit : « Ami, fuyez ce dangereux réduit ;
    » Un jour je mordis à la grappe ;
    » Je ne crois pas qu'on m'y rattrappe.
    » Bon ! bon ! répondit l'imprudent,
    » Me prenez-vous pour un enfant ?
    » Cousine, vous êtes timide ;
» Cet insecte cruel en vain sera perfide ;
    » Que si l'Aragne sait courir,
    » Des ailes je sais me servir.
» Fuyez toujours, cousin ; ruse et persévérance
» L'emportent tôt ou tard sur talent et puissance. »

LE HIBOU.

III.e FABLE.

CERTAIN Hibou vil et rampant,
A la cour des oiseaux s'était rendu puissant ;
Aux sots toujours il donnait quelque place ;
Mais il baissait le talent ,
Et l'esprit devant lui n'obtenait jamais grâce.
~~Chaque~~ ~~n'~~connait pas
Dans son Hibou des sentimens si bas.
Certain jour on parlait musique ;
(D'encourager les arts un grand Prince se pique.)
L'un aimait le *bécarre* et l'autre le *bémol*.
Celui-là voulait l'*ut*, et celui-ci le *sol*.
A ce propos quelqu'un parla du rossignol.
« Parbleu, reprit le Roi, je voudrais bien l'entendre ;
» On m'en a parlé quelquefois :
» On dit que sa voix est si tendre ,
» Que lorsqu'au doux printemps il chante dans le bois ,
» Le moins sensible cœur à l'amour doit se rendre.
» Fi donc, reprit l'oiseau jaloux ;
» C'est la plus triste mélodie.
» En vérité rien n'est moins doux ,
» Et ces sons feraient mal à votre seigneurie.
» Certain jour j'en fus curieux ;
» A parler franchement , le coucou chante mieux. »

Il assaisonna sa satire

De mille quolibets ; et les oiseaux de rire.

Car chez le peuple oiseau, toujours un quolibet

Fit , dit-on , un très-grand effet.

On se sépare alors , et quelque temps se passe ,

Sans qu'on ose parler du rossignol fameux.

L'aigle altier revenait fatigué de la chasse ;

Il s'abattit du haut des cieux

Dans un vallon délicieux.

C'était au doux printemps ; la terre rajeunie,

Et de mille fleurs embellie ,

Faisait de ce séjour un jardin enchanteur ,

Et l'aigle y savourait le calme et la fraîcheur ,

Loin de sa cour et d'un monde trompeur.

Tout à coup , ô prodige ! ô divine merveille !

Des sons mélodieux ont frappé son oreille.

L'œil brillant, attentif, le cou fixe et tendu ,

Notre aigle doute encor s'il a bien entendu.

Le rossignol se tait , mais pour chanter encore.

(C'était le chantre heureux de la saison de Flore.)

Un jeune oiseau du voisinage

S'approche : « Monseigneur ne connaît pas , je vois ,

» Du rossignol le céleste ramage.

» Il est le charme de ce bois. »

L'aigle alors du Hibou connut la perfidie ;

Mais elle fut bientôt punie ;

Le rossignol alla charmer la cour ,

Et le méchant Hibou fut banni dès ce jour.

LES PINSONS.

IV.e FABLE.

LE rossignol fit un air tendre ;
Les oiseaux d'alentour s'assemblaient pour l'entendre.
La race des Pinsons, gens à demi-talent,
Trouvèrent cet air exécrable,
Un air faux ! un air dur ! enfin un air *pendable* !
Mais inutile effort ! le peuple oiseau l'apprit,
Et l'écho cent fois le redit.
Nos critiques changeant alors de batterie,
Trouvèrent l'air plein de goût, d'harmonie.
C'était un air divin, inventé par l'amour !
Ils le chantaient, et la nuit, et le jour.
Riez de la critique et des propos flatteurs
De ces sots orgueilleux, de ces minces auteurs ;
Ennemis nés des hommes de génie :
Leurs éloges sont pis encor que calomnie ;
Leurs mépris sont peu faits pour blesser de grands cœurs.

LE CORBEAU CHANTEUR.

V.e FABLE.

LE Corbeau fut choisi pour chanter à la Cour ;
Chacun admira son ramage.
Le rossignol chantait dans un séjour sauvage ,
Et l'on trouva son chant commun et lourd.

LA ROSE ET LE PAPILLON.

VI.ᵉ FABLE.

Dans un vase d'albâtre, une Rose vermeille,
Portant bouton de pourpre, à nulle autre pareille,
Étalait fièrement l'incarnat de son teint ;
Le nectar le plus doux s'exhalait de son sein ;
Zéphir l'idolâtrait ; son haleine légère
Soufflait plus mollement sur une fleur si chère.
Bref, c'était l'ornement et l'honneur du jardin.
Un jeune papillon vif, au leste corsage,
Aux ailes de rubis, au séduisant langage ;
Un papillon, formé par la main des amours,
La vit, en fut épris, et lui tint ce discours :
« De l'empire de Flore, aimable souveraine ,
» Belle Rose, en mon cœur vous êtes aussi reine.
» Eh ! qu'est auprès de vous ce vil peuple de fleurs ?
» La violette a bien quelqu'attrait, je l'avoue ;
» Mais son teint ne vaut pas la peine qu'on le loue ;
» La renoncule est fière ; on rit de ses hauteurs ;
» Fleur sans parfum toujours eut de tristes couleurs.
» L'anémone , entre nous, est froide et malfaisante ,
» Engourdit le cerveau , rend la tête pesante :

» La tulipe a du bon ; mais son calice aussi

» Est ouvert aux baisers du premier étourdi.

» Je n'ose comparer à la foule mesquine

» De nos fleurs de buisson votre beauté divine ,

» Chère Rose , et me tais sur ces *belles de nuit*

» Qui se cachent aux yeux dès que le soleil luit. »

Ainsi l'adroit flatteur , pour tromper l'orgueilleuse ,

Déprécia des fleurs la cohorte nombreuse.

Ayant ainsi parlé , notre maître fripon

S'approcha ; de la Rose entr'ouvrit le bouton ,

Et du plus fin nectar fit une ample moisson.

Il foula, déchira sans pitié la pauvrette ,

Puis brillant de plaisir , il s'éleva dans l'air.

Tel un marquis pimpant quitte l'objet qu'il sert.

« La belle , adieu , dit-il , je te laisse seulette ;

» La vanille m'attend , et quoique sans beauté ,

» C'est une fleur d'*esprit* , et j'en suis enchanté. »

Que vous dirai-je enfin ? cette fleur si chérie ,

Avant la fin du jour était pâle et flétrie ;

Le moindre papillon déprima ses faveurs ,

Et la Rose devint la plus vile des fleurs.

LE PAPILLON ET L'ARAIGNÉE.

VII.e FABLE.

« Enfin vous voilà pris, Monsieur le beau Muguet,
» Le coureur de jardins, le courtisan de belles ;
» Employez à présent ce séduisant caquet ;
» En vain vous trépignez et vous battez des ailes ;
» Vous n'échapperez point : avouez donc enfin
» Que le ciel tôt ou tard punit un libertin.
» Il eût fallu vraiment venir dans mon ménage
» Employer près de moi ce séduisant langage,
» Étaler à mes yeux vos ailes de rubis.
» Je n'aime pas, Monsieur, je vous en avertis,
» Tous ces airs importans et ce ton de marquis. »
    Ainsi parlait une vieille Araignée
A maint beau Papillon, le roi des étourdis,
Qui, courant les jardins certaine matinée,
Enivré de parfums, dans ses rets s'était pris.
Le Papillon prenant un air doux et timide :
« Je l'avouerai, dit-il, je fus un grand perfide ;
» Mais à l'égard de qui ? De quelque mince fleur
» Sans esprit, sans talent, sans grâce, sans vigueur,
» Et qui, pour me charmer, n'avait que sa fraicheur.

» Si je pouvais trouver une compagne aimable,

» Diligente au travail , tendre , mais raisonnable ,

» (Comme vous , par exemple ,) on me verrait alors

» Oublier mes erreurs et mes fougueux transports ,

  » Et le saint nœud de l'hyménée

» Unirait de nos jours la trame fortunée.

» Oui , je le sens , le Ciel vous fit selon mon cœur.

» Je brûle de vous rendre un bien sincère hommage ;

» Hâtez-vous de finir un indigne esclavage. »

La vieille folle crut à ce propos flatteur,

Et courut dégager le jeune séducteur.

Le drôle s'envolant dans la plaine éthérée :

« Adieu , dit-il , beauté prudente et timorée !

» Je m'en vais inviter le peuple papillon

» A venir assister à la noce brillante

» Dont vous serez l'objet. Adieu , beauté touchante !

» S'il arrivait pourtant que quelque vieux frelon

» Voulût auprès de vous faire le céladon ,

» Point ne serais jaloux de ce , je vous le jure :

» Vous êtes , je le vois , d'une vertu trop sûre. »

FIN DES FABLES.

ROMANCES NOUVELLES.

LE RETOUR DES CROISADES.

AIR : *Peuple français , peuple vaillant.*

UN Troubadour jeune et vaillant,
La fleur des bords de la Durance ,
De Palestine revenant ,
Pressait ses pas vers la Provence.
Il revoit d'un œil attendri
Le ciel d'azur de sa patrie ;
Il reconnaît le toit chéri ,
Berceau de Laure son amie. (*bis.*

« Salut, dit-il , jardin d'amour !
» Salut , ombrageux sycomore !
» Salut, grotte où le troubadour
» Triompha des rigueurs de Laure !
» Je te revois , ruisseau charmant ,
» Toujours au sein de la prairie.
» Ah ! comme toi tendre et constant ,
» Que n'ai-je gardé mon amie ! »

Il arrive enfin tout ému
A l'asile de son amante ,
Et Médor qui l'a reconnu ,
Vient lécher sa main caressante.
Le fidèle Médor gémit ;
Au sein de la plaine-fleurie ,
Le malheureux *trouveur* le suit.....
Ah ! *trouveur*, tu n'as plus d'amie,

A travers de jeunes cyprès ,
Sur une pierre blanchissante ,
La lune éclairant les forêts ,
Fait voir sa lumière tremblante :
Le cœur plein d'un effroi nouveau,
Il lit sur la pierre polie :
« Laure est ici dans le tombeau ;
» Le Troubadour n'a plus d'amie. »

Interdit, la mort sur le front
Richard, dans sa douleur mortelle ,
S'égare ; il n'a plus de raison ;
Il voit sa maîtresse ; il l'appelle.
Six mois au séjour des tombeaux
Il traîna sa pénible vie ;
Mais la mort pour finir ses maux ,
Le réunit à son amie.

LE RETOUR DU PRINTEMPS.

Air : *Voulez-vous , charmante Zélie* , etc.

Déjà la verdure naissante
Annonce le temps des beaux jours ;
Déjà la chaleur fécondante
Prépare des lits aux amours.
La nature s'est embellie ,
Et nous retrace en ces instans
Les charmes de fille jolie ,
Au point d'atteindre ses quinze ans.

Le jeune oiseau , battant de l'aile,
Entonne son chant printanier ,
Et la voyageuse hirondelle
Revient au toit hospitalier.
Le lilas à la bergerette
Promet un asile et des fleurs.
La jeune fille est inquiette ;
Le printemps parle à tous les cœurs.

L'azur des montagnes lointaines
Se dépouille de ses glaçons ;
Les ruisseaux inondent les plaines ,
Et vont arroser nos sillons ;

L'aubépine se cache encore,
Et n'attend pour s'épanouir,
Qu'un doux sourire de l'aurore,
Et les caresses du zéphir.

Voyez comme dans la nature
Tout prend un aspect égayant ;
Des cieux la lumière est plus pure,
L'air recèle un charme enivrant.
Nous touchons, enfans du génie,
Au temps des vers et des désirs ;
Chantons le dieu de l'harmonie,
Chantons l'amour et ses plaisirs.

LA GLACE.

MUSIQUE DE MONTET.

Aux Dames de Milhaud.

Planard eut l'esprit de vous faire
Maint fort joli *je ne sais quoi* (1);
Belles , si j'avais devers moi
Je ne sais quoi qui sût vous plaire ;
Mais de ce peintre intéressant
Je n'ai ni l'esprit , ni la grâce.
Voici l'été , sexe charmant ; (*bis.*)
Acceptez mes vers à la glace. (*bis.*)

Autrefois j'étais tout de flamme ;
J'étais vif , alerte , éloquent.
J'ai fait plus d'un couplet galant ;
J'ai subjugué plus d'une femme.
Aujourd'hui triste et froid barbon ,
Je me traîne , un rien me surpasse,
Et pour moi le double Hélicon
N'est plus qu'un pic couvert de glace.

(1) Planard , de Milhaud , auteur des Deux Paravents , a fait une fort jolie romance sur le *je ne sais quoi.*

Les vers que Marsias publie,
Disent les sots, ne valent rien.
Les sots ont tort; moi je sais bien
Que tout a son prix dans la vie.
« Fades critiques, finissez;
» Attendez; l'été nous menace :
» Au mois d'août, ses vers entassés,
» Serviront à mettre à la glace. »

Rose, dans la saison fleurie,
Va promener avec Lucas.
La pauvrette n'y pense pas.
Lucas est fin, Rose est jolie.
Rose, fuyez ces lieux charmans;
Des amours évitez la trace;
Pour les fillettes au printemps
Tout sentier est couvert de glace.

Autrefois la belle Gertrude
Suivait l'amour et le plaisir;
A présent on l'entend gémir
Et prier dans la solitude.
Mais quel est donc l'adroit prêcheur
Qui chez elle excita la grâce?
Gertrude doit tant de ferveur
Aux pressans avis de sa glace.

Mais déjà ma muse cassée,

Mesdames, veut finir ses chants.

Elle en a tant fait dans son temps !

La vieille folle est épuisée.

A mon tour que je sois charmé ;

Belles, patinez à ma place ;

Je me suis assez escrimé

Aujourd'hui pour vous sur la glace.

LE VRAI TROUBADOUR.

MUSIQUE DE RODOLPHE.

Point n'ai d'or , point n'ai de dentelle ,
Point de rubis , de diamans ;
Mais j'ai ma guitare fidelle ,
Je fais des vers doux et touchans ;
Je cherche un cœur plein de simplesse ,
Novice encor aux jeux d'amour , (*bis.*)
Qui sache aimer avec ivresse ,
Comme le fait le Troubadour. } (*bis.*)

Parlez-moi , gentes demoiselles ,
A l'œil vif et doux , au teint frais ;
Parlez : connaissez-vous des belles
Dont le cœur ne change jamais ?
Las ! vous riez de ma simplesse.
Je vois , n'avons plus en ce jour
De ces cœurs neufs , pleins de tendresse ,
Comme celui du Troubadour.

Chevaliers venant de l'armée ,
Qui vîtes Maure et Castillan ,
Avez-vous vu de bien-aimée
Dont le cœur fût tendre et constant ?

« Nous avons vu l'antique Grèce ,
» Le Nil et les bords de l'Adour ;
» Mais point de constante maîtresse
» Comme tu les veux , Troubadour. »

Eh bien ! j'irai par tout le monde ,
Guitare en main , me lamentant ,
Nuit et jour , sur terre et sur l'onde ,
Chercher objet tendre et constant.
Quand j'aurai trouvé cette belle ,
Je serai plus qu'un Sire en Cour.
Un cœur naïf , tendre et fidelle ,
Est le trésor d'un Troubadour.

LE RETOUR DU PRINTEMPS,

ROMANCE LANGUEDOCIENNE.

MUSIQUE DE PERRIN.

Aïci la sézoun dé las flous,
Én foula pértout espélissou ;
Ara tou cor és amourous ;
Ara lous roussignóus chémissou.
Laïssén pas fuchi lou moumén
Dé culi la rosa poulidà,
Un chour dé maï séra passida,
Déman yé sérén pas attén. *(bis)*.

As pras d'Aréna réndès-vous,
Fiéttas anas sus l'erbétta ;
D'én n'aóu cént pichos aousséllous
Vous diran dé sa vouès doucétta :
« És arrivat lou béou moumén
» Dé culi la rosa poulida,
» Un chour dé maï séra pàssida,
» Déman yé sérén pas attén. »

Approcha-té d'aquél bouïssou,
Pichötta aôusis la Tourtourélla
Qué té répétta én sa cansòu :
« Passara léou la flou nouvélla. »
L'aïguétta mèma én fuchiguén
A travès la prada florida.
« Per culi la rosa poulida,
» (Té dis) n'avèn pas qu'un moumén. »

Ya sieïs ans, Lisa mé charmèt,
(A diré vraï Lisa éra bélla) ;
Mais enfin tant mé résistèt
Qué rénouncère à la cruélla.
A vougut, aquésté printén,
M'ouffri sa rosa, la mánida :
« Ta flou Lisétta és trop passida ;
» Adiou, yé siès pas pus attén. » *(bis)*.

LE DÉPART

DU PEINTRE LANGUEDOCIEN POUR L'ITALIE.

Air : *Voulez-vous, charmante Zélie*, etc.

Bords charmans de l'Occitanie,
Où je sentis les premiers feux
De la tendresse et du génie,
Recevez mes derniers adieux.
Ne pleure point, ma douce amie;
On trouve assez d'amis, crois-moi,
Dans la France aimable et polie, (*bis.*)
Lorsqu'on est faite comme toi. (*bis.*)

Compagnons d'un si beau délire,
Noble et pur sang des troubadours,
Mes larmes inondent ma lyre;
Vous quitterais-je pour toujours.
Je vole au temple de mémoire;
Mon cœur n'a point la soif de l'or :
Brillans de talens et de gloire,
Amis, nous nous verrons encor.

5

Je vais te voir , douce contrée
Des beaux arts , des peintres fameux ;
Je vais te voir , terre sacrée
De héros et de demi-dieux.
Errant sous d'immenses portiques ,
Pensif , seul avec mes crayons ,
Mes pleurs tremperont vos reliques ,
Mânes fameux des Scipions.

Adieu donc , fertiles campagnes ,
Antres profonds , bosquets épais.
Adieu , romantiques montagnes
Où mon crayon fit ses essais.
Je vais peindre une autre nature ;
Mais mon cœur n'y trouvera pas
Les charmes d'une amitié pure ,
Ni de ma Lise les appas.

CHANSON DE TABLE.

MUSIQUE DE PERRIN.

Poussé par le Dieu de la treille, —
Je vais chanter l'amour du vin :
Rien n'est beau comme mon refrain ;
Je l'ai fait en buvant bouteille.

Eh bon ! bon ! bon !

Que le vin est bon !

Eh trin ! trin ! trin !

Que j'aime le vin !

Bubons ! Buvons ! Buvons !

Si ma muse vous paraît dure ,
Si j'ai mal rimé mon refrain ,
C'est que mes vers suivent mon vin ;
Ils coulent sans art , sans mesure.

Eh bon ! bon ! bon !

Que le vin est bon !

Eh trin ! trin ! trin !

Que j'aime le vin !

Buvons ! Buvons ! Buvons.

Tout ce qu'on a dit dans le monde ,

En vers , en prose , sur le vin ,

Se reduit à ce beau refrain ,

Vrai chef-d'œuvre où l'esprit abonde :

Eh bon ! bon ! bon !

Que le vin est bon !

Eh trin ! trin ! trin !

Que j'aime le vin !

Buvons ! Buvons ! Buvons !

FIN.